CHATO Y SU CENA

GARY SOTO

ILUSTRADO POR **SUSAN GUEVARA**

TRADUCIDO POR **ALMA FLOR ADA** y **F. ISABEL CAMPOY**

PaperStar

The Putnam & Grosset Group

English text copyright © 1995 by Gary Soto. Spanish translation copyright © 1997 by The Putnam & Grosset Group. Illustrations copyright © 1995 by Susan Guevara. All rights reserved. This book, or parts thereof, may not be reproduced in any form without permission in writing from the publisher. A PaperStar Book, published in 1997 by The Putnam & Grosset Group, 345 Hudson Street, New York, NY 10014. PaperStar Books is a registered trademark of The Putnam Berkley Group, Inc. The PaperStar logo is a trademark of The Putnam Berkley Group, Inc. Originally published in 1995 by G. P. Putnam's Sons. Published simultaneously in Canada. Manufactured in Hong Kong Text set in Meridien Medium.
Library of Congress Cataloging-in-Publication Data. Soto, Gary. Chato's kitchen / by Gary Soto; illustrated by Susan Guevara. p. cm. Summary: To get the "ratoncitos," little mice who have moved into the barrio, to come to his house, Chato the cat prepares all kinds of good food: fajitas, frijoles, salsa, enchiladas, and more. [1. Cats—Fiction. 2. Mice—Fiction.] I. Guevara, Susan, ill. II. Title. PZ7.S7242Ch
1995 [E]—dc20 93-43503 CIP AC
ISBN 0-698-11601-1
15 17 19 20 18 16 14

*Para Carol Lem
y Eddie Estrada
de East Los*
—G.S.

*Para Kendra Marcus.
Gracias, amiga mía.
¡Ay, qué vida!*
—S.G.

Chato, un gato de seis rayas y caminar arrastrado, iba deslizándose agazapado hacia un gorrión cuando oyó al otro lado de la cerca, en el patio vecino, el arañar de unos piececitos. Izquierda, derecha, izquierda, derecha. A Chato se le aguzaron las orejas.

El rabo se le empezó a mover al compás. Sintió el ritmo del mambo apoderarse de sus caderas. El movimiento asustó al gorrión, que salió disparado hacia un árbol.

"No hay problema, *homeboy*", se dijo Chato, y siguió a su nariz
hasta la cerca.

Los ojos se le agrandaron al espiar por entre dos tablas a cinco
ratones grises del color de las piedras del río.

Los bigotes le vibraron de placer, y de un salto se subió a la
cerca para verlos mejor.

Efectivamente, era una familia entera de ratones regordetes y jugositos que se estaba mudando a la casa vecina. Chato se pasó la lengua por los labios y soltó un maullido que hizo retumbar la tierra.

Los ratones se quedaron petrificados con sus pertenencias a la espalda. Empezaron a temblar como hojas al viento. ¡Chato era el gato más alto que habían visto jamás!

—Órale, vecinos—dijo Chato ronroneando—. No me tengan miedo. Yo soy un gato chulo y *low rider*.

Los ratones soltaron sus cosas y salieron corriendo en mil direcciones.

—No, de veras, hombres. Soy OK— dijo Chato, intentando tranquilizarlos. Pero el jardín se había quedado desierto. Otro maullido retumbó en su estómago, y apenas si pudo contenerlo.

Chato pensó por un momento, mientras enterraba la cara en su hombro peludo y acababa a mordiscos con una pulga molesta. "¡Aja! —pensó—. Los invitaré a cenar".

Chato se bajó de la cerca de un salto y regresó a su casa. En una hoja de papel escribió: "Chato les da la bienvenida al barrio e invita a su sabrosa familia a una fiesta sorpresa esta noche a las 6".

Chato se dio cuenta inmediatamente de su error y cambió "sabrosa" por "encantadora". Dobló la invitación en forma de avión y la lanzó por encima de la cerca.

El avión hizo unas cuantas espirales y descendió con el paracaídas del viento. Papi ratón leyó la nota en voz alta.

—¿Crees que deberíamos ir? —preguntó Mami ratón.

—¿Por qué no? —dijo Papi—. Ese gato Chato parece muy simpático, sí, muy *nice*, estoy seguro.

—Pero, ¿no va a venir Chorizo esta noche? —preguntó Mami ratón.

—Híjole, pues es verdad—dijo Papi. Un amigo del antiguo barrio había quedado en venir a cenar. Le llamaban Chorizo porque, bueno, pues ésa era la clase de tipo que era.

Después de mucho hablar, Papi contestó: "Mil gracias, *thank you very much*. Acudiremos y nos gustaría traer a un amigo, ¿OK?"

—¡Por supuesto! —gritó Chato por encima de la cerca—. El amigo de un amigo también es un amigo, ¿que no?

Apenas si podía creer su buena suerte. En vez de sólo cinco ratones, habría seis. Chato se fue a la cocina a sacar sus ollas y sartenes, dando saltos de alegría.

Se puso a silbar "La Bamba" mientras sacaba los frijoles. "Perfectos para los ratones". Luego sacó aguacates maduros para hacer guacamole. "Muuuy *nice*". Y miró a ver si tenía arroz porque "Desde luego necesitamos arroz".

Cuando estaba amontonando los ingredientes en la mesa, sonó el timbre de la puerta. Era el mejor amigo de Chato, Novio Boy, un gato con tiernos ojitos verdes, pelo elegante y el maullido más encantador de todo el barrio. Novio Boy también llevaba el collar más llamativo: uno de cuero con piedras preciosas que destellaban por la noche cuando pasaban los carros por la calle.

—¡Órale, *homes*! ¡Gato chulísimo del Este de Los! —ronroneó—. ¿Qué pasa?

—Tendré ratones para la cena. Servidos con todito. Échame aquí una mano con las tortillas.

Los dos se pusieron a trabajar. Mientras Chato amasaba las tortillas con un rodillo, Novio Boy las colocaba en la parrilla, con cuidado de no quemarse las patas. Les daba la vuelta tirándolas al aire cuando un lado estaba cocinado, hasta que los dos lados quedaban perrrfectos.

Trabajaron duro toda la tarde en la cocina. Cocinaron los frijoles e hicieron salsa—no muy picante para los invitados—y una jarra bien grande de tamarindo. Prepararon fajitas, enchiladas, carne asada, chiles rellenos y, finalmente, un flan dulce y suavecito.

Mientras los gatos estaban ocupados en la cocina de Chato, los ratones se iban acomodando en su nuevo hogar. Pusieron una chapa de botella como tina de baño y un pedacito de cristal como espejo, y colocaron en hilera sus camas hechas de cajas de cerillas.

Pero además recordaron, cuando el sol empezó a ponerse detrás de los árboles, que debían llevar algún platillo a la casa de Chato. ¿Y qué crees que prepararon? ¡Quesadillas, por supuesto!, con su ingrediente preferido, ¡el queso!

Muy pronto llegó Chorizo, y los
ratones bailaron a la sombra de
su alargado, delgaducho, *low-
riding* amigo. Y le contaron sobre
la fiesta en casa de Chato.

—OK, ratoncitos, *little mice*, ¡ya
es hora de ir a la fiesta!

Así que montaron en el lomo de
Chorizo, donde se agarraron muy bien
de su pelo corto. Como si fueran en
limosina pasearon despacito por su
selvático jardín y le dieron la vuelta a
la cerca para entrar en casa de Chato.

Chato y Novio Boy estaban en el comedor poniéndose elegantes para la fiesta. Después de pasarse cinco horas cocinando, tenían tanta hambre que cada vez que un pájaro pasaba en picada frente a su ventana, se les afilaban los ojos grises y la boca se les hacía agua.

Al oír un golpe en la puerta, se sonrieron maliciosamente. Era como el servicio a domicilio, sólo que en vez de pizza, ¡eran ratones!

—Venimos con Chorizo—gritó Mami ratón.

¡Chorizo! Chato y Novio Boy bailaban, y se dieron un "choca los cuatro" por lo bajo, con sus patas limpias.

—Podemos comer chorizo con ratón—dijo Novio Boy con una sonrisa.

Pero cuando abrieron
la puerta, Chato y Novio
Boy se encontraron con un
perro enorme de esos que
van raspando el suelo, con
un barrio entero de ratones al
lomo. —¡Ya estamos aquí!
—gritó uno de los chiquitines.

Los gatos, bien *cool*, bien
chulos, ni chistaron. No dieron
ni un silbido, ni un zarpazo al aire.
Los dos corrieron para esconderse
cobardemente bajo la mesa.

Chorizo entró balanceando su cuerpo, golpeándose la barriga contra el umbral de la puerta. Sus uñas iban haciendo clic-clac, clic-clac hasta la cocina; su nariz seguía los olores de la comida que se cocinaba a fuego lento. Con una pequeña sacudida se quitó de encima a los ratones que cayeron como frutas grises de su lomo.

—¡Hola! —ladró Chorizo cortésmente.

Chato y Novio Boy se precipitaron a salir de debajo de la mesa para treparse por las cortinas, desde donde se pusieron a maullar pidiendo clemencia por sus vidas.

—¿Qué hacen ahí? —preguntó Mami ratón—. No me digan que le tienen miedo a Chorizo. Miren, es un perro muy *nice*.

Chorizo movió el rabo y dejó su lenguota fuera. Chato y Novio Boy se miraron el uno al otro. Se bajaron de las cortinas y, con los pelos de punta, dieron la bienvenida a Chorizo con un maullido cauteloso.

Lentamente comenzaron a sentarse.

—¡Salud! —brindó Chorizo—. ¡A su salud!

—¡Salud! —asintió Chato desolado. ¡Aquella noche no se iba a comer a ningún invitado! Pero decidió que, al fin y al cabo, era una buena cena la que habían hecho con tanto tamborileo de sus ollas y sartenes. Después de todo, era una cena creada en la cocina de Chato.